UNA GIORNATA

詩集

ウナ ジョルナータ

新倉俊一

思潮社

ウナ　ジョルナータ

新倉俊一

思潮社

ウナ　ジョルナータ

目次

UNA GIORNATA

エミリのためのデッサン

カバー作品＝西脇順三郎
装幀＝伊勢功治

ウナ　ジョルナータ　新倉俊一

UNA GIORNATA

ある一日

まだ神無月だというのに
アフロディーテやアテナイやら
女神たちがつぎつぎと
海を渡ってやってくる
そして冷たいゼフィロスに
つぎつぎと鮮やかな色の
花束を部屋いっぱいに
吹き送らせるのだ
安酒場からファミレスへ
能の「六浦」から運慶の
上野へと連日のように

まさに移動祝祭日だ
だが運命の回転は惑星
よりも速いアイアイ
ささやかな幸運が
いつか訪れたら行こうと
心に決めていたあの
映画の題名のような店
Una Giornata　はもう
無くなってしまい
わたしの夢の中にしか
残っていない

白い風景

上に向かって一斉に
花びらを差しだす
白いシクラメンは
遠い旅の記憶を奏でる
朝のカンタータだ
キルケの歌に魅せられて
若いユリシーズは
四十年も日の巡りを
わすれていたが
ある日ふと思い立って
ミューズは若者の

ために記憶の風景を
描こうとした
だが夢の跡を辿って
だんだん色を
薄めていくうちに
ついに無色と化して
二人の歳月もまた
移ろいだが　その白い
風景は記憶に今も
鮮やかに残っている

収穫祭

大犬座の男が地上に
降りてきて昔の恋人を
探す話がタブッキにある
毎年厳しい大寒の頃に
魚座生まれのわれわれの
詩人のために詩祭を
催すのも宿命として
諦めねばならない
むしろ「収穫祭《アムバルワリア》」と大寒は
素晴らしい遠い物の連結だ

プラトンは共和国から
凡庸な詩人たちを追放した
飯島さんはかつて西脇を
日本で唯一のヘレニスト
詩人と呼んだが
晩年までこのヘレニストは
凡庸な修辞を避けて
悲哀の感情を表すのにも
ギリシャ語の修辞を遣い
「オイモイ」と嘆いた

古代の春

弥生の季節になると
臘梅を目じるしに
谷戸の小川をたどって
つるし飾りのさがる
侘しい茶屋をのぞく
奥まった四畳半に
ひっそりとしつらえた
雛壇のうえに並ぶ
細面の内裏や楽器を奏でる
静かな女たちの姿

どこか古代ギリシャ人の
アルカイック・スマイル
を忍ばせる安らぎだ
またはあのエトルリア人
の墓碑に刻まれた
死後の団欒の姿のように
ほがらかな笑い声が
どこからともなく
聞こえてくる

物思い

春なれや　久しぶりに
和泉式部と物思いに
ついて語ろうとしたが
軒端の梅だけは
咲いていたけれど
方丈には姿がなかった
噂によると歌人は
通りをゆくひとの
称名の声を聞いて

ふと火宅を出て
しまったらしい
途方に暮れて暫く
梅の枝にもたれていた
能曲では式部は
光かがやく歌舞の
菩薩にされているが
私にはやはり暗い沢に
憧れいづる魂の蛍だ

蛍

イタリア語では蛍を
「ルチェラ」という
そこはかとなく明るい
ポー河のほとりの
優しい夜の風物詩だ
一九七〇年代に拉致されて
赤い旅団に殺害された
モロ首相をめぐって
当時ひとりの作家が
曖昧模糊とした

国会答弁の様子を
「蛍が消えた」と喩えたが
シーザーの暗殺にも
ひとしい現代の悲劇は
二十数年後に映画化されて
「ボンジョルノ・ノッテ」
(夜よ、こんにちは)
と題名がつけられた
これはディキンスンの詩行だ

曼荼羅

御室の桜はまだ
散っていないだろうか
春の嵐より激しい海上の
アイオロスの風に吹かれて
一人の留学僧が大陸から
もち帰った密教の書が
仁和寺に伝わっている
ここは古い大陸文化の
シルクロードの終着点だ

無数の佛像が立ち並ぶ
暗い部屋に掲げられた
胎蔵界と金剛界の
両界曼荼羅はあまりにも
象徴的で定かでない
ようやく暗闇をぬけて
場外に出ると大きな
御車の上に見事な桜の
枝が活けられていた

秘話

桜は咲くときよりも
散るときのほうが
心を揺さぶることを
誰よりも知っていたのは
出家者の西行だろう
保元の乱のあとすぐに
仁和寺に駈けこんで
落飾した崇徳院が
なお科を問われて

讃岐へ流されたとき
かつて共に歌を詠んだ
日々を思い起こし
これからは歌によって
世を治められるように
と願ったことは
現世の無常を誰よりも
知る歌人ならではの
深い心情からだろう

燭火

もうイースターだというのに
今年はまだ風が肌寒い
自然とみなうつむいている
むかしイタリアにいた頃
街の中心の会堂《ドゥオモ》に向かって
棕櫚の枝を手に手にもった
ひとびとに出会った
会堂では喇叭が高鳴り
礼拝が終わると外で

華やかに火薬を爆発させた
ひとびとにとっては
イースターは主の蘇り
と同時にまた自然界の
蘇りなのだ　あの日の
光景を思い出してふと
花屋に立ち寄り明るい
三本の燭火のような
黄色い薔薇を買った

カフェ　ペトラルカ

四十歳を過ぎて官能的なカンツォーネ
を書いたあの詩人が懐かしい
才気走った技巧や哲学の貧困ではない
清新な抒情とスタイルはいまどこに
隠れたのだろうか　例年五月に
催されるイタリア映画祭に通うのは
いまの世に欠けている情緒を探しに

いくためだ　今年はある作家が
自作の小説をみずから映画化した
作品に心を惹かれた　イタリア語の
原題は tenerezza ——直訳したら
「思いやり」とでもなるだろうか
帰りにまた「カフェ ペトラルカ」に
寄って物思いに耽ろうとおもった

フェト・シャンペエトル

敗戦後まもなく焼け跡に
立ったひとりの青年が
詩誌を出そうと決意して
まだ疎開していた西脇に
寄稿を求めたところ
すぐに意欲的な長い詩を
送ってきた　ジョルジョーネの
「野の祭り」にかけた
この作品から戦後の豊饒な
近代の牧歌の世界が

ひらかれた　没後に
この偉大な牧人を偲んで
集まった詩人たちは
詩にちなんで集まりを
「フェト・シャンペエトル」
と呼んだがその野の祭りも
やがて風と共に去った
その香りはいまも野原を
巡っているだろう

牧歌

ルーブル美術館の展示には
ジョルジョーネの名画が
ティツィアーノの作となり
題名も「田園の合奏」
とされているが構図も
色彩も元のままだ
野原の一角で合奏する
二人の男たちに向かって
フルートを吹いている
芝の上の裸のニンフと

すこし離れて瓶から
静かにただ水を注いで佇む
もう一人のニンフの姿
神話でも寓意でもなく
豊かな牧歌の世界だ
ただの自然の模写でなしに
古いギリシャの時代から
ずっと求められてきた
内面のアルカディアだ

時の忘れもの

古い登記証書とともに
仕舞い込まれていた
額絵が半世紀ぶりに
ふと目の前に現れた
イタリアから贈られた
フラ・アンジェリコの
清楚な「受胎告知」
時間を越えて一人の天使が
処女マリアと向き合っている
あの構図だ　そのほかに

この恩寵の光景に向かって
手を合わせている一人の
修道士の姿が描かれている
メディチ家とサヴォナローラの
血なまぐさい抗争にも
心を逸らすことなく
ひたすら永遠の思念に
徹したフラ・アンジェリコ
の紛れもない自画像だ

ラクリマ・クリスティ

あの夏は数十年ぶりの猛暑とか
西瓜も蒸発しそうなので
ウイスキーを持っていくことにした
詩人には月並みな銘柄は向かない
から「キリストの涙」に決めたが
紅白の種類があって両方求めた
訪問中はなにも触れなかったが
あとで帰宅したら「紅のほうがいい
次回は紅をもってきてくれ」と
電話があった　そう言えば

田村さんの「帰途」という詩に
「日本語とほんのすこしの外国語を
おぼえたおかげで
ぼくはあなたの涙のなかに立ちどまる
ぼくはきみの血のなかにたったひとりで
帰ってくる」と歌われている
やはり紅い涙のほうがふさわしい
生涯私淑した西脇先生への
追悼詩でも「レッドワインの夏至」
という題名が付いている

海への時間

草原の輝きも花も去り
水のきらめきだけが
心のまなこに残っている
「海への時間」という
ストーリーを書いた
飯島耕一がふと懐かしい
戦後詩の海を渡り切り
晩年に長篇詩「アメリカ」の
岸辺にたどり着いたあと
パウンドの「詩篇」の

追い風を受けてさらにまた
一、二年置きに作品を
書きたいと洩らしていたが
夢を果たせずに終わった
荒波に揉まれたユリシーズ
のように海のニンフたちから
細紐を与えられていたら
あの至福の島に辿りついて
命の水を汲む女神たちから
祝福を受けたに違いない

大運河

果てしないのは心の旅だ
「女神」という名に
誘われてギリシャの
神々の光線が貫通する
エーゲ海を七日間
航海したあげくに
また元のベネチアに
戻ったが所在もなく
暗い大運河を往き来した後
サン・マルコの裏手の

小さな音楽堂に入って
「四季」の演奏を聴いた
いつの間にか眠り込み
気が付くと演奏がもう
終わって全員が一斉に
立ち上り喝采していた
こうして最後の夏は
ようやく追憶の秋へ
と流れていった

イカロスの消失

「レウコとの対話」以来
久しくギリシャの神々
との会話が絶えていた
のを哀れんでミューズが
未完の絵を運んでくれた
それ以来潮風が吹き込む
部屋で白い羽根をもがいて
天高く飛翔しようとする
青年イカロスとの対話が
始まった　足下の海がいかに
碧く澄んで空もどんなに

夢に満ちているかを
だがある朝ふいにイカロスの
姿が画布から消えて
エーゲ海を飛んでいるのか
それとも沈んでしまったのか
なんの消息も伝わってこない
移りゆくことは時の定めだが
あのイカロスとの対話は
消え去りはしない
それは永遠の一日だから

エミリのためのデッサン

百年の後には
だれもこの場所は知らない
そこで演じられた苦悩も
平和のように静かだ

――エミリ・ディキンスン

遠景

アマストの通りに面した
屋根裏部屋の窓から覗くと
春の風景は日々遠退いていく
机の上に散らかった
書きかけのラブレターと詩稿
「王国から追放された王子」
のように彷徨うのをやめて
もう詩に賭けるしかない
詩稿を送った批評家から
「出版を延ばすように」

と助言されたついでに
仲間たちのことを問われて
「辞書と犬だけです」と答えた
父が与えてくれた犬に
日頃から慕っている
エミリ・ブロンテの愛犬
の名をつけて孤独な
生涯の伴侶とした
「たとえ名声が私に訪れても
犬がきっと拒むでしょう」

魂の色

孤立を哀れんだ批評家から
ボストンでの詩人達の集まりに
誘われてエミリは
「父の家から一歩も出かけません」
と婉曲に辞退した
彼女にとって詩は風俗流行でなく
自分の魂との対話だった
詩作を鍛冶場に喩えて
「ハンマーと炎は
やがて選ばれた光となる」

と白熱した魂を形容している
「出版は心の競売だ」と
唱えた彼女は死後に遺族が
詩稿を出版した際に
表現や韻律まで変えられて
いるのを知ったらさぞ
墓の中で激怒したにちがいない
彼女の「白熱した魂の色」を
見るのは漸く百年後だ

悲しみのように夏は

永い干ばつのあと
「夏の盛りについに
その日がきた――
私ひとりのために」
とエミリは陶酔を詩稿に
書き込んだが――
ベルニーニの聖女のような
バロック風な誇張でなく
簡素な復活と十字架の
記号で封印した
それがどんな体験だったか

だれも知る者はない
晩年になって漸く
ごく親しい知人にその
運命の邂逅の人について
唯一の「私の霊的指導者」
「苦悩の宝石」と
思い出を漏らした
そして「悲しみのように
夏は立ち去った
あまりにも密やかに
裏切りと思われぬほどに」

斜めの光り

華やかな秋の仮装が
終わると自然は本来の
簡素な存在へ戻る
「冬の午後には斜めの
光りがある」
枯れた木立のあいだに
不意にあらわれる
絶望の相を感じて
エミリは思わず息を潜める
だが一瞬のうちに

不安の影は消え去り
深い安堵を覚える
詩は自然の模倣でなく
「薔薇のエキスを奪う
ネジまわし」だ
真実ほど書くのに
相応しいものはない
「つねに真実を
語りなさい
しかも斜めに――」

ウインターズ・テイル

冬が白い結晶で窓を
閉ざすとき部屋でひとり
エミリは遠くへ思いを馳せる
妻を失った老判事と
ずっと孤独な詩人との
この「老いらくの恋」を
内輪で非難されて
ついに相手は世を去った
日頃から手紙を「肉体を
もたない魂そのもの」
と呼んでいた詩人に
この晩年の挿話は
いかにもふさわしい

老判事のあとを追うように
なくなった詩人の棺に
「あのひとに持っていくように」
と妹が花束を優しく入れた
その花は「魂の色」だったろうか
先ごろ封切りされた伝記映画
「静かなる情熱」にはこの
エピソードは含まれていない
生前に詩人はこう歌った——
「一時間待つのはながい
愛がすぐ向こうにあれば——
永遠に待つのは短い
愛が終末に報いるならば——」

新倉俊一（にいくら・としかず）

詩集
『ヴィットリア・コロンナのための素描』（二〇一五年、トリトン社）
『王朝その他の詩篇』（二〇一六年、トリトン社）
『転生』（二〇一六年、トリトン社）

訳詩集
『エズラ・パウンド詩集』（一九七六年、角川書店）
『ディキンスン詩集』（編訳、一九九三年、思潮社）
『ピサ詩篇』（エズラ・パウンド著、二〇〇四年、みすず書房）

主な著書
『エミリー・ディキンスン　不在の肖像』（一九八九年、大修館書店）
『詩人たちの世紀――西脇順三郎とエズラ・パウンド』（二〇〇三年、みすず書房）
『評伝　西脇順三郎』（二〇〇四年、慶應義塾大学出版会）

ウナ ジョルナータ

著　者　新倉俊一《にいくらとしかず》
発行者　小田久郎
発行所　株式会社思潮社
〒一六二―〇八四二　東京都新宿区市谷砂土原町三―十五
電話〇三（三二六七）八一五三（営業）・八一四一（編集）
ＦＡＸ〇三（三二六七）八一四二
印刷所　三報社印刷株式会社
製本所　小高製本工業株式会社
発行日　二〇一八年十月三十日